Estrellita se despide de su isla
Estrellita Says Good-bye to Her Island

Por/By
Samuel Caraballo

Ilustraciones por/Illustrations by
Pablo Torrecilla

PIÑATA BOOKS

Piñata Books
Arte Público Press
Houston, Texas

Esta edición de *Estrellita se despide de su isla* ha sido subvencionada por El Paso Corporation, la Fundación Andrew W. Mellon y el Fondo Nacional para las Artes. Les agradecemos su apoyo.

Publication of *Estrellita Says Good-bye to Her Island* is made possible through support from the El Paso Corporation the Andrew W. Mellon Foundation and the National Endowment for the Arts. We are grateful for their support.

Piñata Books are full of surprises!

Piñata Books
An Imprint of Arte Público Press
University of Houston
452 Cullen Performance Hall
Houston, Texas 77204-2004

Caraballo, Samuel.
    Estrellita se despide de su isla / por Samuel Caraballo; ilustraciones por Pablo Torrecilla = Estrellita says good-bye to her island / by Samuel Caraballo; illustrations by Pablo Torrecilla.
        p.   cm.
    Summary: As Estrellita leaves her beloved Caribbean island home, she combines all of its features into an ode celebrating its green and eternal beauty.
    ISBN 1-55885-338-3 (hc. : alk. paper)
    [1. Caribbean Area—Fiction.   2. Nature—Fiction.   3. Spanish language materials—Bilingual.]   I. Title: Estrellita se despide de su isla.   II. Torrecilla, Pablo, ill.   III. Title.
PZ74.3.C27 2002
[E]—dc21   2001051166
                                                                                                          CIP

2 3 4 5 6 7 8 9   10 9 8 7 6 5 4 3 2 1

Para mis hijos, mi esposa, mis padres, mis hermanos y hermanas, mi gente de Vieques y los inmigrantes del mundo. Un agradecimiento especial a la Dra. Frances Spuler.

—SC

A los inmigrantes, para que nunca se olviden de los paisajes de su infancia.

—PT

To my children, my wife, my parents, my brothers and sisters, my people of Vieques and the immigrants of the world. A special thanks to Dr. Frances Spuler.

—SC

To all immigrants, may they never forget their childhood landscapes.

—PT

Decía, muy triste, Estrellita
desde el gigantesco avión:
—¡Adiós mi preciosa islita,
pedazo de mi corazón!

Estrellita was sadly saying
From the window of the giant plane,
"Good-bye my precious, little island,
darling piece of my heart!

Me voy, quizás sin saber
cuándo te vuelva a abrazar,
pero serás siempre mi querer,
mi todo, mi terruñito sin par.

I am leaving, perhaps without knowing
When I will hug you again,
But you will forever be my beloved,
My everything, beyond compare, my native soil.

Doquiera mi vida esté,
te voy, cada día, a soñar.
Doquiera mi mente esté,
voy por siempre a recordar:

Wherever my life happens to be,
I shall dream of you everyday.
Wherever my mind happens to be,
I shall forever remember:

El cantar de tu hermoso gallo
dándote los buenos días,
y el trino claro y ufano
de tus inquietas golondrinas.

The call of your beautiful rooster
Wishing you good morning,
And the clear and proud warble
Of your restless swallows.

El sonar de tus tibios mares,
que me refrescaban el alma,
y tu coquí dulce y galante
brincando y retozando en mi cama.

The sound of your warm seas,
That were refreshing to my soul,
And the sweet, gallant *coquí*
Jumping and frolicking in my bed.

El montaraz cabrito blanco,
con el que yo tanto jugaba,
y el sabor de tu rico mango
y el de tu jugosa guayaba.

The little white mountain goat,
With whom I played so much,
And the taste of your delicious mango
And that of your juicy guava.

El olor de tus nítidos campos
y de tus coloridas praderas,
y mis amiguitos correteando
en tus misteriosas carreteras.

The scent of your untouched countrysides
And of your colorful prairies,
And my friends romping down
Your mysterious roads.

Tu gente tan linda y alegre
bailando plena en las plazas,
y el olor del café caliente
perfumando sus humildes casas.

Your joyful, beautiful people
Dancing *plena* in the plazas,
And the aroma of the hot coffee
Scenting their humble homes.

El brillo de tu mágico sol
pintando de oro las montañas,
y las diáfanas melodías de ilusión
de tus finas y famosas guitarras.

The brilliance of your magical sun
Painting your mountains gold,
And the clear melodies of illusion
From your fine and famous guitars.

Tu luna de plata iluminando
la ruta del barquito de pesca,
el bermejo de la aurora acentuando
tu verdor y eterna belleza.

Your silver moon illuminating
The route of the little fishing boat,
The bright red of dawn accentuating
Your green and eternal beauty.

Tus cielos, tus ríos, tus encantos,
con los que el pintor sueña,
y las gloriosas notas de mármol
de tu exquisita canción caribeña.

Your skies, your rivers, your charm
All of which the painter dreams,
And the glorious marble notes
Of your exquisite Caribbean song.

¡Y el tierno, angelical abracito
de mi abuelita Panchita
quien, como tú, es mi amorcito,
mi luz y mi valiosa perlita!

And the tender, angelic hug
Of my grandma Panchita
Who, like you, is my little love,
My light and my precious little pearl!"

Decía, muy triste, Estrellita
desde el gigantesco avión:
—¡Adiós mi preciosa islita,
pedazo de mi corazón!

Me voy, quizás sin saber
cuándo te vuelva a abrazar;
pero serás siempre mi querer,
mi todo, mi terruñito sin par.

Doquiera mi vida esté,
te voy, cada día, a soñar;
Doquiera mi mente esté,
voy por siempre a recordar:

El cantar de tu hermoso gallo
dándote los buenos días,
y el trino claro y ufano
de tus inquietas golondrinas.

El sonar de tus tibios mares,
que me refrescaban el alma,
y tu coquí dulce y galante
brincando y retozando en mi cama.

El montaraz cabrito blanco,
con el que yo tanto jugaba,
y el sabor de tu rico mango
y el de tu jugosa guayaba.

El olor de tus nítidos campos
y de tus coloridas praderas,
y mis amiguitos correteando
en tus misteriosas carreteras.

Tu gente tan linda y alegre
bailando plena en las plazas,
y el olor del café caliente
perfumando sus humildes casas.

El brillo de tu mágico sol
pintando de oro las montañas,
y las diáfanas melodías de ilusión
de tus finas y famosas guitarras.

Tu luna de plata iluminando
la ruta del barquito de pesca;
el bermejo de la aurora acentuando
tu verdor y eterna belleza.

Tus cielos, tus ríos, tus encantos,
con los que el pintor sueña,
y las gloriosas notas de mármol
de tu exquisita canción caribeña.

¡Y el tierno, angelical abracito
de mi abuelita Panchita
quien, como tú, es mi amorcito,
mi luz y mi valiosa perlita!

Estrellita was sadly saying
From the gigantic airplane
"Good-bye my precious, little island,
darling piece of my heart!

I am leaving, perhaps without knowing
When I will hug you again
But you will forever be my beloved,
My everything, beyond compare, my native soil.

Wherever my life happens to be
I shall dream of you everyday,
Wherever my mind happens to be,
I shall forever remember:

The call of your beautiful rooster
Wishing you good morning,
And the clear and proud warble
Of your restless swallows.

The sound of your warm seas,
That were refreshing to my soul
And the sweet, gallant *coquí*
Jumping and frolicking in my bed.

The little white mountain goat,
With whom I played so much,
And the sweet taste of your delicious mango
And that of your juicy guava.

The scent of your untouched countrysides
And of your colorful prairies,
And my friends romping down
Your mysterious roads.

Your joyful, beautiful people
Dancing *plena* in the plazas,
And the aroma of the hot coffee
Scenting their humble homes.

The brilliance of your magical sun
Painting your mountains gold,
And the clear melodies of illusion
From your fine and famous guitars.

Your silver moon shining
The route of the little fishing boat;
The bright red of dawn accentuating
Your green and eternal beauty.

Your skies, your rivers, your charm
All of which the painter dreams,
And the glorious marble notes
Of your exquisite Caribbean song.

And the tender, angelic hug
Of my grandma Panchita
Who, like you, is my little love,
My light and my valuable little pearl!"

Samuel Caraballo nació en Vieques, una pequeña y hermosa isla en las afueras de la costa este de Puerto Rico. Pasó muchos días de su niñez jugando en las colinas del campo y recogiendo mangos y guayabas, sus frutas tropicales favoritas. Ha dedicado muchos años a la enseñanza del español, su idioma nativo, en varias escuelas públicas de los Estados Unidos. En la actualidad, vive en Virginia con su esposa y uno de sus hijos. Le fascina la pintura, la pesca y escribir poesía.

Samuel Caraballo was born in Vieques, a gorgeous tiny island located off the East Coast of Puerto Rico. He spent many of his childhood days playing in the countryside hills and picking mangos and guavas, his favorite tropical fruits. He has dedicated many years to teaching Spanish, his native language, in several public schools in the United States. He presently lives in Virginia with his wife and one of his children. He loves painting, fishing and writing poetry.

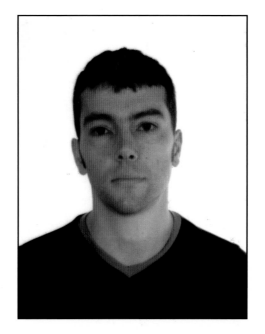

Pablo Torrecilla se crió en Madrid, España. En los fines de semana, visitaba el pueblo de su familia donde admiraba los puestos en la plaza del mercado, las fragancias y la gente. Estos colores y fragancias se convirtieron en su inspiración. Ha dibujado y pintado desde que tenía sólo cinco años de edad. Pablo intenta sentir lo que los personajes experimentan para expresar sus emociones. Ahora, Pablo vive en California, donde se divierte volando su papalote, jugando fútbol, escuchando música y leyendo libros en inglés, su nuevo idioma.

Pablo Torrecilla grew up in Madrid, Spain. On the weekends, he would visit his family's hometown where he admired the displays in the market, the scents and the people. These colors and scents became his inspiration. He has been drawing and painting since he was only five years old. Pablo tries to feel what the characters experience in order to express their emotions. He now lives in California, where he enjoys flying his kite, playing soccer, listening to music and reading books in English, his new language.

Other bilingual picture books published by Piñata Books

Lupita's Papalote / El papalote de Lupita
Lupe Ruiz-Flores
Illustrations by Pauline Rodriguez Howard
Spanish translation by Gabriela Baeza Ventura
May 31, 2002, ISBN 1-55885-359-6, $14.95, Ages: 3-7

La tierra de las adivinanzas / The Land of the Riddles
César Villarreal Elizondo
Illustrations by Anthony Accardo
English translation and adaptation by Nasario García
May 31, 2002, ISBN 1-55885-352-9, $14.95

Benito's Bizcochitos / Los bizcochitos de Benito
Ana Baca, Illustrations by Anthony Accardo
Spanish translation by Julia Mercedes Castilla
1999, ISBN 1-55885-264-6, $14.95, Ages: 3-7

Family, Familia
Diane Gonzales Bertrand
Illustrations by Pauline Rodriguez Howard
Spanish translation by Julia Mercedes Castilla
1999, ISBN 1-55885-269-7, $14.95, Ages: 3-7

The Last Doll / La última muñeca
Diane Gonzales Bertrand
Illustrations by Anthony Accardo
Spanish translation by Alejandra Balestra
2001, ISBN 1-55885-290-5, $14.95, Ages: 3-7

Uncle Chente's Picnic / El picnic de Tío Chente
Diane Gonzales Bertrand
Illustrations by Pauline Rodriguez Howard
Spanish Translation by Julia Mercedes Castilla
2001, ISBN 1-55885-337-5, $14.95, Ages: 3-7

Muffler Man / El hombre mofle
Tito Campos
Illustrations by Lamberto and Beto Alvarez
Spanish translation by Evangelina Vigil-Piñón
2001, ISBN 1-55885-318-9, $14.95, Ages: 3-7

Magda's Piñata Magic / Magda y la piñata mágica
Becky Chavarría-Cháirez
Illustrations by Anne Vega
Spanish translation by Gabriela Baeza Ventura
2001, ISBN 1-55885-320-0, $14.95, Ages: 3-7

Magda's Tortillas / Las tortillas de Magda
Becky Chavarría-Cháirez
Illustrations by Anne Vega
Spanish translation by Julia Mercedes Castilla
2000, ISBN 1-55885-286-7, $14.95, Ages 3-7

Dancing Miranda / Baila, Miranda, baila
Diane de Anda
Illustrations by Lamberto Alvarez
Spanish translation by Julia Mercedes Castilla
2001, ISBN 1-55885-323-5, $14.95, Ages: 3-7

Icy Watermelon / Sandía fría
Mary Sue Galindo
Illustrated by Pauline Rodriguez Howard
2000, ISBN 1-55885-306-5, $14.95, Ages: 3-7

Pepita Takes Time / Pepita, siempre tarde
Ofelia Dumas Lachtman
Illustrated by Alex Pardo DeLange
Spanish translation by Alejandra Balestra
2000, ISBN 1-55885-304-9, $14.95, Ages: 3-7

The Bakery Lady / La señora de la panadería
Pat Mora
Illustrations by Pablo Torrecilla
Spanish Translation by Gabriela Baeza Ventura and Pat Mora
2001, ISBN 1-55885-343-X, $14.95, Ages: 3-7

Delicious Hullabaloo / Pachanga deliciosa
Pat Mora
Illustrated by Francisco X. Mora
Spanish translation by Alba Nora Martínez and Pat Mora
1998, ISBN 1-55885-246-8, $14.95, Ages: 3-7

Tomasa the Cow / La vaca Tomasa
Written and Illustrated by Pietrapiana
1999, ISBN 1-55885-284-0, $14.95, Ages: 3-7

Marina's Muumuu / El muumuu de Marina
Evangelina Vigil-Piñón
Illustrations by Pablo Torrecilla
2001, ISBN 1-55885-350-2, $14.95, Ages: 3-7